大声说着光芒

桑恒昌 著

作家出版社

目 录

第二辑

都走在上帝走过的路上

第四辑
有你心是烈火　无你情是灰烬

第五辑

爱和诗是我们共同的血液

第六辑
诗是从心里疼出来　在心上生长的文字

精神家园、诗痴、苍鹰和桑恒昌现象

——桑恒昌先生诗集《大声说着光芒》读后

王才路

桑恒昌先生的新著《大声说着光芒》（以下简称《光芒》）诗稿即将付梓，无论如何我也掩饰不了那种先睹为快的感觉。读到这一首首蘸着血泪、浸透了人类大爱大悲大智慧令心灵震颤的诗歌，感到《光芒》在题材内容、艺术形式以及充满了真善美的至情抒发上，依然是前几部诗集的纵深推进和延伸。也感到，还是把《光芒》纳入桑先生的几部诗集进行整体阅读与思考。为了印证并求证我的一些思考，我又反复阅读关于桑先生的诗评、诗论以及几本权威的中国现代和当代的文学史，感到在不重复且认同时贤方家们肯挚而中的的观点外，仅借助这一有限的篇幅谈以下不得不说的几点体会，不是序仅算是读后感。

一、从家园到家国：不得不说的桑恒昌
先生诗意人生永恒的精神家园

毗邻九河汇聚的德州且紧邻鲁西北大运河畔号为弦歌古都状元之乡的武城，是当代著名诗人桑恒昌先生的故乡。他说"故乡既是生命最初的牧场又是最终放稳灵

魂的地方"，既是桑先生诗歌创作的精神家园，也是他魂牵梦绕的文化故乡。这里储存着他的诗歌特别是"怀亲诗"等创作取之不尽、用之不竭的乡亲与乡恋、乡愁与乡思。丰厚源深的家学与诗教、频仍不辍的生活困顿和焦虑，使他带着故乡的文化家园意识、大运河的深情与苦难、父老乡亲的厚望，从家园出发奔向武汉军校，曾几年与长江相语相伴。又从长江走向奇绝与旷远的青藏高原。在那里，万象变幻的人生况味，山高缺氧天寒地冻让人多艰无言的自然环境、生活困苦和坎坷的经历，积淀为他丰厚的生存困境和体验。近似绝望而又无可奈何的绝症疾患，使他从青藏高原又走到黄河之畔的济南，成为中年以后他长期生活和工作的地方。

他以家园为出发地——从蜿蜒的运河到浩浩的长江到皑皑的青藏雪原再到巍巍黄河的山水生活历程；从永怀感恩不尽、血浓于水的亲情到可怀可忆的如山友情到绵绵如水的爱情的情感历程；从朴素无华的家园意识到浓烈崇高的家国情怀的情怀历程；从生活的感慨到生命的感悟由这感悟一头扎进诗融进诗的诗化历程；从丹田心底的真诚与深情到由此铸底而成的人间大悲大爱大忧的精神历程；从超越自身形象意蕴丰厚、崇高妙远的审美感情的艺术至境到空灵飞动蕴藉含蓄的诗歌创作历程，他成了本真自然、淳朴浑厚、浓烈凝重的诗做的人。这一切，不能不说，都与这文化故乡和精神家园密切相关。故乡，真的"既是生命最初的牧场又是最终放稳灵魂的地方"。

二、桑恒昌现象：不得不说的中国百年新诗史上难得一出难得一见的个例现象

半个多世纪以来，桑先生兢兢业业笔耕不辍，尽管

诗坛给他的荣誉远远不够，但近八十岁的耄耋老人，依然那么精神矍铄，那么豁达、潇洒、通透、智慧，那么诗情如火、诗思如泉。不得不说，这是长达一百多年波澜壮阔的新诗发展史上难得一出难得一见的"桑恒昌现象"。这不仅是中国新诗的奇迹，也是中国新诗的骄傲，还是哺育他养育他的大运河、长江、雪原、黄河的自豪，更是中国新诗刚健有为、自强不息的精神和形象的代言。

尽管业界对桑先生及其诗歌给予了很多也很高的评价。但我以为，整体性评论桑先生的诗作，应该超越时间超越齐鲁地域，应该撑开百年新诗史的历史胸怀，要把百年难得一遇的桑恒昌现象，安放在百年新诗史的殿堂中应有的席位上。从诗歌意象至境的出神入化上，从意境的神妙淡远上，从诗作的单篇的精制到高质高产高水平的全部诗作到老而弥坚诗泉如柱喷涌上，除艾青外无有出其右者。再若仅从诗歌意象上看，桑先生紧承艾青。艾青把生命忧患、拼搏、光明的情感世界寄寓在自己诗歌的土地、波浪、太阳三类意象中。而桑先生的情感世界则由生命到民族到人类，他把这个大悲大爱大忧的情感世界，寄寓在自己诗歌中大到黄河、海洋、太阳、雪原，小到一蚁一虫一眼一泪上。万象皆可赋意，随手拈来，金钢绕指，点石成金。不得不说，桑先生也是艾青之后以意象艺术为贡献为突出风貌而赫然自成一家的诗人。

三、诗痴与苍鹰：不得不说的桑先生执着坚韧虔诚的人格形象

中国诗史上有诗仙李白、诗圣杜甫、诗豪刘禹锡、诗魔白居易、诗鬼李贺、诗佛王维、诗囚孟郊、诗奴贾

岛、诗骨陈子昂、诗狂贺知章、诗杰王勃以及诗家天子王昌龄等称谓，颇为形象妥帖。有的看似不雅，大多都是誉称爱称，内含了历代诗歌粉丝们的无限崇爱之意。桑先生一生独独爱诗，为诗而生为诗而活为诗死而复生。甚至自嘲是"诗做的人"，自己"有工夫写诗没工夫去老""诗是从心里疼出来的，是在心上生长着的文字"……他的血他的肉他的骨他的心他的灵他的魂，统统化为他的诗。他写诗如痴如醉，张口是诗随意而成信手拈来。夜里曾为诗不眠，凌晨曾因诗而醒。一说到诗，身上心里如注满了兴奋剂，操一口武城普通话诵诗诵大半天，依然那么语速平缓语调始终如一，一副气定神闲的样子。"诗魔""诗狂""诗××"等的影子他都有，掂量再三，考虑今贤不与古人争，还是誉为"诗痴"更妥帖更形象更独一无二。"诗痴"的雅号里，既有他执着坚韧虔诚的人格形象，也充盈了高山仰止般我的满满的崇爱之情。

除了谓之"诗痴"外，还应谓之为"苍鹰"，一只"百年中国新诗苍穹中飞来的扑火苍鹰"。猴的机灵豹的速度鹰的眼睛都是这么说的。鹰因捕捉或凌空或俯冲或盘旋，甚至扑火取栗也极为迅捷精准，但都是因眼睛的锐利为制导的。这是由鹰的生存本能所决定的。说桑先生是中国百年新诗的扑火苍鹰，是说他的诗歌具备鹰的锐利的眼睛和扑火的苍鹰精神。他的诗精于意象，捕物捉象联类取譬，善于发现敢于捕捉勇于进击。不达目的决不罢休。《钟表》一诗说"不舍昼夜地跑／嘀嘀嗒嗒／你究竟／在寻找什么／到底不知／它藏在哪／找不到它／仿佛我就成了它"。《写诗》中也说"树咬着牙／把自己的皮肤／一层层地揭下来／还保留着／心上的图案／定在上面／写一首／值得为之而死的诗／方不负／它里三层外三层的疼"。这移用于桑先生是非常贴切的。

上述所谓"诗痴""苍鹰"以及"桑恒昌现象"等，无非在于说明，肇始于上个世纪初五四新文学革命的中国新诗发展到现在，桑先生及其诗歌必定会汇入其中并将成为一个节点。他的诗歌无疑不仅将成为中国百年新诗发展史上的历史文本，其中更不乏百读不厌的经典文本；而且也必定会成为诗学理论界诗歌理论研究的诗歌案例和文本。因为桑先生及其诗歌具备了这些价值。

2020.8.8 于夏日青岛

第
一
辑

我有时间写诗　没工夫去老

攥着我的半个祖国

黄河，跳下巴颜喀拉山
冰雪和穹隆构筑的高坡
从塔尔寺和彩陶故乡的青海走过
从峨眉金顶和乐山大佛的四川走过
从敦煌莫高窟和大漠烽火台的甘肃走过
从贺兰山阙和西夏王陵的宁夏走过
从呼伦贝尔和成吉思汗陵的内蒙古走过
从洪洞大槐树和壶口瀑布的山西走过
从黄帝陵和兵马俑的陕西走过
从少林寺和清明上河图的河南走过
从齐鲁大地齐鲁大地
我们的故乡走过

在埋葬荒凉
埋葬老岁月的地方
在用骨头的温度
暖着整个身躯的地方
在黄河入海口
抓起一把泥土
就是攥着
我的半个祖国

一个老兵的歌

仿佛已经习惯了沉默
很少把自己的情怀诉说
藏在心底感觉深沉
挂在嘴上就显浅薄
于是，就这样
我和你相依相守
像生命和躯体
灵魂和脉搏

当你的身上
落下野蛮的炮火
我突然感到
我是何等地年轻啊
比年轻更年轻的
还有一腔赤热的血
敲一敲我的周身吧
何处不是
当当作响的骨骼

我的这个
被军装染绿了的魂魄
它身上的军装一直未脱
如果需要就请你说
我会把最后一颗牙齿留给恶魔

战地上染血的旗杆

一定是我高举的胳膊

这是必然，不是偶然

这是结果，不是如果

扪一扪我的胸膛吧

肋骨后面的拳头

每一次伸缩

都是生命的承诺

你问我是谁吗

满眶的泪水在说

我是你的长子啊

我的祖国

我说我的祖国

也就是在说祖国的我

我说祖国的我

也就是在说我们的祖国

夜宿青藏高原

地势的高海拔
情感的高海拔
诗意和心灵的高海拔
大星星一样
满天满天地亮着

怦怦的心跳在说
一群老战友
正拍打着窗户
焦急地喊我

急急推窗而望
实实扑个满怀
啊——
你来自日月山
你来自通天河
你来自唐古拉
你来自五道梁
还有我的可可西里
我的珠穆朗玛

就让曾经弄乱我
黑发的手
抚摸这极顶上

不再消融的雪

明晨一别
不知可有再见的福分
遂，倾泪作酒
刀刀入口

战士的脚

九月底十月初西藏边防空军雷达阵地，大雪该封山了吧。

提起青藏高原
风雪便撕扯着天空
扑杀而来
撞疼我周身的骨头
趁它喘息的当口
看看我的双脚
挂在岩壁上的是它
深陷雪窝的是它
大头鞋和坚冰
冻成铁板一块的也是它

我想起了什么
朝胸前顺势一摸
掏出来的
都是战友的脚
这一双被啃成骨头
这一双被嚼成粉末
这一双在病床上
长成血淋淋的植物
我喃喃着他们的名字
捧起他们的脚

用泪水洗过
用目光擦过
又贴心贴肉地
揣进怀里

这样的脚掌
站在喜马拉雅山上
能感知
地球的分量

裸　浴

——高原哨兵的镜头

紫外线
刺青过的皮肤
高原风
削切过的面容
一样的裸体
撒欢在夏季的雨里
享受
高天的赐了
接受
全须全尾的洗礼
每一滴英雄血
都和祖国一个温度
暴突的肌肉群
呈现骨骼特有的质地
士兵威武
都是
魔鬼的身躯
聚拢一起
就是
立体的戈壁

心的涅槃

不到黄河不死心
是民间俗信

我问过自己
也请教过他人
到了黄河
心就死了吗

我到过黄河的源头
血脉化作
潺潺的细流
我到过黄河入海口
激情涌作
排空的浪头
几十年
活在它的身边
魂魄
染透它的颜色
吞吐
伴着它的起伏
黄河
我的血亲
见一次

心就死一次

每一次

都是心的涅槃

雕刻进行时

铁锤钢錾
铿铿锵锵若平平仄仄
苍苍大师
使出平生功力
雕刻诗仙
李白的《将进酒》
把这首诗
钢声铁韵读出来
趁着錾子
跳动的刹那
我潜进前朝
拂去明清
八股文的层层浮土
拜谒灵秀若水的宋词
和山峦壮美的唐诗
未及细读
便被炎黄二帝
拽进文王春秋
贪婪的我
固化在里面
含着泪
谛听斑斓的奏鸣

放　生

佛心善意
从死亡线上
拯救许多
鲜活的生灵
来河边
诵经放生
我心屈双膝
泪摁树影
感恩命运的神灵
打通关节
劫了法场
或巧施密宗之计
把我从魔掌中
撕扯出来
在茫茫人海
三次放生

从而
我的心
比我的世界
还要重

我不是一个人的自身

——出院周年记

绝非
九死一生
而是九点九死
零点一生
活转过来
总觉得体内
不止一个自己
不止一个
自己的真身

天悬日月
地载山河
我会是天地三界
争回来
存于丹田之中的
那口气吗

心
稳住节奏
磕着
等身长头

混血儿

昏迷中
翻开永夜那本书
荒诞的文字
让我知道
我虽未修炼成佛
也没堕落成魔
天堂和地狱
都是我可能的走向
灵魂举起浑身的骨头
敲打生命之门
命穴上那堆冰雪
如何才能融化
混沌和血泪
在亲人的心里
煮了又煮

走出病房打个趔趄
哦，生命原本是
肉体的过客
我要对世界说
从此后我就是
阴阳两界的混血儿

生命之河

生命是一条河

有上游，有下游

有发源地有入海口

有巡游疆域的血脉

有随魂魄一起遁形的经络

昏迷狠狠击穿了我

每一步都是千沟万壑

命运弄人张皇失措

谁布下这满河鬼怪的风波

有河在总该水意婆娑

可是我至今仍感到饥渴

和我一样渴的

还有这条

曾经徒唤奈何

继而呼天抢地

终于起死回生的

生命之河

上帝的特赦

——献给省中医院东院医护人员

昏厥可是折返
生命的原点
那是甚至比闪电
还迅猛的速度
人将殁，心还在
怎能撒手而去
还有很多很多
遗落在走过的路上
衰竭的心脏
瘫卧在胸腔里
大夫用电击
连声叩问
你想想
你丢失了什么
冥冥中递给我
一株还阳草
我抓住它
聚焦散漫的灵魂

天使替我
呈上一份申辩
上帝把我
特赦回来

弹　壳

我珍藏着一枚
半自动步枪的弹壳
作为军人
那是我第一声
冲锋的呐喊

半个世纪的濡染
我终于历练成
它的质地
它渐渐包浆成
我的皮肤

回忆当初
它一怒之下
点燃了肺腑
爆响的是誓言
射出的是头颅

2018.8.3 于北戴河

胡杨部落

站立在

奈何桥上

千年不倒的

是胡杨

横亘在

阎罗殿里

千年不朽的

是胡杨

几滴英雄泪

天地共沧桑

谁解得了

它的万古柔肠

胡杨

生长在

莽荒凄绝的地方

胡杨

行走在

修禅布道的路上

大运之河

你说——
运河北起通州，南抵杭州
贯京津，过冀鲁，掠苏浙
连海河、黄河
穿长江、淮河
七千华里的黄金水道
直接钱塘碧波

他说——
运河起自春秋之末
经隋、唐、宋、元、明、清
流进中华人民的共和国
一条活了
二十五个世纪的动脉
欣逢盛世生机勃勃

而我说——
运河是中华民族
留在祖国身上的手模
站起来的土地是长城
卧下去的土地是运河
一个阳刻
一个阴刻

第二辑

都走在上帝走过的路上

缅怀妻子衣美娟

序

心香八瓣
聚成一朵白莲
遥献于妻子
也是未来
自己的墓前

之一

两年前的今天
你走了
我的心
成了孤儿

之二

有你在，你我他
聚成我们
你不在了，我们
又成了你我他

之三

你的眼睛
是全食的月亮
再也透射不出
生命的光

之四

你留下的衣服
是你的皮肤
一年四季护佑着
我身心的温度

之五

熊熊的炉火
是又一次临盆
亲人的心里
有你永驻的金身

之六

我感到孤独的时候
就到新居门前来坐坐
一首一首
读写给你的诗歌

之七

那些诗在心上
一针一针地分行
每个词句都是种子
让墓草抱着生长

之八

当生命被时间凌迟
脚下生出根须
我自然会来这里
和你做阴阳的连理

写于 2016.11.9

修改于 2019.4.1 北京燕山脚下

雨中送冯中一先生

眼里含的是泪
天空含的是雨

先于告别的朋友
进入灵堂的是你
先于你进入灵堂的
是你的学生和弟子

焦急地等你
默默地陪你
我的心
降下半旗

湿漉漉的我
用湿漉漉的目光看着你
看着少年丧母的你
看着中年丧妻的你
看着老年丧子的你
看着蜕下肉体的你

那个世界有你的生母
总想见到你又总怕见到你
生母的身边是你的发妻
几十年也没纳完一双千层底

这个世界有你的继母
九旬老人已没有擦泪的力气
继母的身边是你的续妻
她的头上黑的是风白的是雨

你的右臂曾经双骨俱折
断骨捉笔给我写过文字
每当想起，我这五尺之躯
就成了先生的那只断臂

啊先生，你就是一方土地
反复用痛苦肥沃自己
啊先生，你就是一角天空
不断用透明升高自己

走过的路何止千里万里
却没有一条
让你走回去
哪怕上面都是荆棘

天上落的是泪
眼里落的是雨

向天一哭

——痛悼诗人塞风

半辈子
在风雪的怀里取暖
两只手
互相搀扶
这样的骨头
能提炼黄金

通透的你
是亮亮的灯笼
跳动的烛火
是心灵的舞蹈
你醒着梦在诗里
你睡着诗在梦里
将心吐于诗笺之上
作为爱的徽章
再用爱
裹紧每一位友人

诗坛上的舍身佛啊
你的离去
使一支笔
重重地倒在祭坛上

有一种思念

在骨髓里游来荡去
幸亏你的诗句
是一拨就通的号码
等到阴阳两界
由我去建立邦交
塞风老
我会
持灵魂的护照去看你

等你，在人生的这一头

—— 痛悼诗人孙静轩

静轩，我的兄长
我的火热而又冰清的兄长
我的狂悖而又随和的兄长
我的情缘似海恩怨如潮的兄长
我的热闹半晌孤寂一生的兄长
我的尘封自己而又大肆张扬的兄长
我的脸上长着老人斑
心上生出青春痘的兄长
我的　　会儿风云际合
一会儿碧空如洗的兄长
我的左手弹唱黄河
右手拨响四川的兄长
我的厄运是父亲诗情是母亲的兄长
我的异父异母却是同宗同胞的兄长

无论你走到
世界的哪里
我都永远等你
在人生的这一头

思　念
——写给作家、战斗英雄赛时礼

　　我不用怀念，更不用悼念，死亡与勇士无缘也与作家无缘。我依稀听见隔壁的你，那带有浓浓乡音的笑声和谈吐。你冷峻时，是哲人；兴奋时，是孩子。谨以此诗，赠给我尊而敬之、敬而思之的师长赛时礼同志。

一

你曾经用枪写过和平
你曾经用笔写过战争

二

你的骨头
折断过凶残的刺刀
你的热血
销熔过戴罪的子弹
十六处刀疤枪伤
五十四年只说着一句话
实在不知道
不疼是什么滋味

三

仅存的左眼
只有 0.2 的视力
你用尚能动转的左手
刻了二百多万血肉文字

人们该懂得
如何用这些数字
去计算
令天下英雄扼腕的英雄气

四

你走了没有一点声响
却有很重很重的分量
不管生前身后
有多少未了的情缘
心也稳稳地放下

五

你走时没有去送你
每个人都想留下你
亲人留你在家里
友人留你在心里
战争留你在勋章里
文学留你在史册里
而你留在

我心头的那块疼
会一直
疼到我失去我自己

感叹！不许再版的生命

——悼念陈宝云先生

一层楼板分开我和他
一层楼板连着我和他
他的地面
我的天花

他天生残疾
走起来
一只脚是逗点
一只脚是惊叹

残疾成了他最轻的病痛
最重的病已攻入膏肓
家是他的驿站
医院是他的长途

头上的夯声消失了
无声之声夯在心上
他一根根的骨头
正和病魔肉搏

偶尔回家小住
我又听到他生命的重音
尤其在深夜
尤其在比深夜还深的时辰

逗点和惊叹
连同那一篇血肉长文
被狠狠地删掉
且不许再版

我的头上
没有了轻轻的抒情
也没有了
重重的感叹

仰卧床上
看三米高的天空
再也听不到他生命的行走
一轻一重，一重一轻

用最长的夜送走最短的白昼

——痛悼徐北文先生

生与死，竟然
只有一口气的距离

你丢下那口气走了
在滴水成冰的冬季
先生，如果
你的肩头有点凉
就披上我的心
做外衣

你揣着那口气走了
在最短最短的白天
让我在最长最长的夜里
一遍一遍地想你
有块成为化石的时间
那将是你的传记

从此再也听不到
你撞响生命的心跳
从此与你厮磨多年的座椅
将夜夜咳喘到拂晓
从此我的心
一直在悲痛里腌着

你就是你笔下的朝阳
把翠绿给了叶子
把红艳给了花朵
把金赤给了谷米
留下所有的色彩
带走一生的清寂

一口气的距离，究竟
隔着几层天隔着几层地

咬住疼痛

——悼念作家任远

少年时，你
总怕睡不够
成年后，又
总怕睡不着
如今轮到我们怕了
怕你再也睡不醒
鞋子还热着
怎么路就凉了
一辈子摸着良心
让人不舍的太多
大家抱着你的名字
疼过来又痛过去
你是血肉之烛
用全身脂膏
燃一面旗
不知是否
留几粒磷光
照自己的路

因为有你，才有
如此耐读的人生
你告诉人们
燃烧后
并非都是灰烬

你不再拥有这个世界了
这个世界依然拥有你
两眶多情泪
一腔诗人血
你的心
永远在路上
无论走多远
每一回首
都会碰疼
我的目光

自我的祭奠

去赵建国兄家拜年
进门遭五雷轰顶
桌上摆着照片
酒和供品
未等我质疑
他急切地解释
他二次进藏时答应
一定回来讨年
二十三不回
二十五回
二十五不回
二十八回
年根儿不见人影
就捞几个饺子
泼一杯酒
弄张纸儿写上
孔繁森之位
再冲着西南方向
喊几声

他说着说着
没了声音
我听着听着
泪淹了心

繁森哪繁森
你咋把
活着的自己
放在祭坛上

到了天堂我们毗邻而居

——送别诗人高艳国

惊悉你处于弥留之际
我连夜驱车二百里
见到已被病床
掩埋了的你
我们双手相握
你一定听见我的话语
我曾在重症监护室
昏迷了十五个昼夜
我看到美的崎岖
和奇的庄丽
你也曾有十天的邂逅
灵魂在天地间游弋
你看见山脉河流
和金碧重彩的楼宇
艳国
到了天堂
我们毗邻而居
相识相知三十二载
如父如子，如兄如弟
你留我最后的一句话
只有两个字：想你
我拥抱只剩下骨头的身躯
一次又一次
你把一切都留下了

连一点点温热
一丝丝气息
还有你的诗文
和口碑一样的
著述等身的书籍
我的心和你的躯体
一点一点凉下去
此等情怀
除却你我
谁人还能感知
艳国
此去关山千万里
我会一次一次想起你
只是，不忍心
不忍心
再呼喊这个名字

2018.6.1

为诗人李老乡送行

你一定
不肯瞑目
你肯定牵挂
那场春秋大梦
为了那个字
你恨不得把心掏空
如血的红尘
你割舍得太多
人生七十五
还是篇处女作

千里大漠
你攥出多少诗来
美是从灵魂中
透出的光彩
灵魂从来未见
虚无
是一切实有的总和

据说，阴阳两界
颠倒着阴阳
你只有闭上眼睛
到那边才会睁开双目
去天堂的路上

才不会步步荆棘

老乡老兄

瞑目吧

这个夏天从冬季里度过

——写给灵魂和躯体若即若离的妻子衣美娟

上苍给了我两三秒

我迅即跨出两三步

用通身大汗

抱住摇摇欲坠的你

你被黑暗的光击穿

又被无声的力击中

一个叫脑梗的幽灵

霸占了你的中枢神经

白色的救护车白色的火

白色的隔离衣白色的冷

我和女儿在病危通知书上

签下失血的姓名

抢救时插管吗

我摇头

喉头切开呢

泪摇头

可以开颅吗

心摇头

拜托了，大夫

请给她一口气吧

一个偏瘫的妻子

我扶着走

一个全瘫的妻子

我背着走

一个植物人的妻子
我抱着走
大夫，拜托了
请给她一口气吧

妻子猝然倾倒
把我的一切都摔碎了
全家人的双手
捧着——
饮食的碎屑
睡眠的碎屑
都是日子的碎屑
生长阳光和诗情的心
如今生长雾霾
曾经说过
我有一口饭
就给你一口食
我有一口水
就给你一口汤
可如今，可如今啊
满天满地的空气
只给你游丝般的气息
让我陪着一个
四大皆空的家
风是空空的过客
灯是空空的眼睛
三两声狗吠
像是叩响的门铃
一个半阴半阳的是你非你

一个真假连体的是命非命
一个不存在的存在
一个存在的不存在
大半生错愕一声浩叹
呜呼哀哉

外婆，一声长长的呜咽

皲裂的手打开皲裂的橱柜
抱出个刺猬样的草囤
掏出几张
满脸皱纹的纸币
当时我不知道
那是外婆的私房钱

我明白了外婆的心意
喊着不要不要往外跑去
屋门　二门　大门
差点把我绊倒
两只小脚擂着鼓
在后面追赶
疼出来的泪告诉我
站住是唯一的选择
外婆扶住我
喘着粗气憋了半天
像哭我母亲那样
发出长长的呜——咽
一声洞穿了
两个世纪

我的胸膛是外婆的橱柜
我的心是外婆的草囤

在血肉的深处
总有一声
再也捂不住的长长的
呜——咽

我把母亲的命熬煳了

白天为母亲煮粥
入夜为母亲熬药
手上烫起的泡
破
不破
都是母亲的泪

又是一个傍晚
又是一锅草药
该死的我竟然睡着了
一锅药煳成锅巴

母亲大大的眼里
膨胀着恐怖
无力地说：药熬煳了
人就要死了
我的心和那个短把的药锅
痛痛地碎了一地

我最大的罪孽
就是亲手
熬煳了母亲的命
至今痛悔不已

没把自己

当药引

投进母亲的药锅里

母亲的名字

怪谁呢
我找不到责怪的理由
只能认罪
我忘记了母亲的名字
那时候日子很老
我又很小
母亲姓胡
只要见了这个姓氏
心便扑上去
直呼娘家人
母亲的乳名叫小大
外婆这样呼唤她
亲昵而有诗意
神性透着玄机
无论多小都是大
无论多大也是小
小到碾成颗粒
大至无边无际
一切的一切
都是天意
我说得对吗，母亲
儿子等待
您的恩准和开示

雨中祭

肉体若是

灵魂的替身

该有多好

可你留下的

却是

焚身碎骨的痛

你走进大地的心里

一年一度这一天

又捧着眼泪走回来

没有泪

怎么生根

没有根

怎生连理

每念及此

睫毛便成了

落雨的屋檐

每念及此

五脏六腑

都疼成

一颗一颗的心

清明祭拜

之一

这是老祖的
这是爷爷奶奶的
这是爹娘的
伴着香火
用心读一遍族谱

跪下去跪下去
起不来也要
跪下去
大地用它的大
丈量
我的身躯

灵魂
是另一种存在吗
每座坟头
都被阎罗老倌
压上一座
五行山

玉皇大帝何在
观音菩萨何在

请众家神明
大发慈悲
动念密宗真言
揭掉坟头上的咒符吧

之二

走着走着
走丢了许多亲人
亲人又走丢了
他们的灵魂

多少次潜回梦里
拥抱失散失联的众亲
可都没有到达
心那样深

语言在嘴上风干了
心愿也制成标本
怎能不被时间和自己
痛打一顿

日子的重心
正在悄悄移动
过去是中秋
现在是清明

渺远的乡愁

有一种病
从上古
传染到如今
救治只是
发几声喟叹
调拌怪味的眼泪
从肺腑的皱褶里
抄几篇诗文
抚琴吟唱一番
它是生命
无形的血肉
又是爱的
另一种翻译
说它小
是老屋是村落
是清辉抱着冷月
是热风煮疼蝉鸣
说它大的确很大
置身海外
它就是国家
巡游宇宙
它就是地球
它与魂灵
如影随形

跪别祖坟

双膝跪出了坑
泪水淹透了心
先人们睡得
和大地一样深

春草是他们
打补丁的衣裳
杂乱的坟场
穹庐一样荒凉

年年清明今又是
拜别宗庙般的祖坟
自身已天荒地老
能否还有一次转身

人间事
总是来不及思忖
疼痛的骨刺
静悄悄地扎根

老　者

也是中秋之夜
她一个人看月亮
看了一会儿
又看了一会儿
看凉了月亮
也看凉
自己的肩背

年轻和美
曾多次在岁月中突围
情是血中的红
志是骨中的髓
面前这冷冷的秋水
是掬待燃的泪

人啊人
既然生死相随
那就横下破碎的心
时时面对

只是月亮
请你稍作停留
低眉顺眼
让她
亲亲你的目光

地球，你驰往哪里

家住在
省中医院的对面
千佛山
医院的东边
救护车一支支
白色的响箭
五脏六腑和全部神经
被钉在靶环中间

我辨识着
揪心的警笛
哪一辆先带走了
我的父亲
哪一辆又带走了
我的妻子
佛心善意的救护车
你把我们的亲人
带到哪里去了

其实，地球
也是一辆救护车
以自转的方式
探寻着方向
以公转的速度

在星际间奔突

地球，你真的知道
人类的救护站吗？

生死奇遇

从自己尸体上站起来
才晓得这件奇事
发生在生死搏杀的
重症监护室
一只大鸟飞来
钢爪铁喙将我拿住
飞起来
像黑色的闪电
它累了
呕两口血
又继续攀升
我朦朦胧胧地知道
落在珠穆朗玛峰上
连绵的群山
都是坟包的形状
上面或者覆盖或者飘摇
色彩各异的图案
亚洲的欧洲的
拉丁美洲的
一面一面
都是国旗
我的心顿然
惊出一身冷汗
倘若遭遇灭顶之灾

国旗不是
这个国家的引魂幡
就是这个国家的
裹尸布

2018.11.8

胸　水

茫茫天宇悲情千里
老天的眼
挤了又挤也未见
泪水几滴
我怀疑有些水
潜入我的胸腔
几经探查
也不知来自哪个脏器
只能先行一招
穿刺抽取
肋骨间还安了阀门
以备不时之需
胸水虽多凝不成雪
行不了雨
正好借此契机
洗一洗
胸中尘俗
荡涤五脏六腑的
不洁之气

缉凶泼猴

花果山水帘洞
受到重戒的毛猴
逃出山门
一个跟斗云
逃进我的肝脏
像齐天大圣钻进
铁扇公主的腹内
它筑起营寨
自立为王
整日里操兵走马
打斗拳脚
我高烧
被投入八卦炉内
寒战一起
又击打百架小鼓
白衣天使用神窥镜
侦察敌情
我用心把肝胆
高高举起
看得准吼得住
一击将那泼猴拿下
处决时
我清楚看到

它的名字叫

肝脓肿

写于省中医院东院肝胆病房

骨　刺

谁在我体内
布下这多暗器
竖刀
横锯
无所不用其阴
无所不用其极

眼里醒着的是泪
心里醒着的是血
骨头里
醒着的是磷光
权且当作
御手脚上的马刺

心已皈依
我会把自己
安放在
最后的诗行里
盼只盼
我的诗
能比我
见到更多的时日

病房的天花板

诗人臧克家说
病房的天花板
是一页读腻了的书
在重症病房
我把书看作屏幕
可它却把彩色
涂成单调的粉白
又把立体
弄成乏味的平面
那无字的天花板
可是留待
大夫书写
生命的判决书吗
往深里一想
顿感心穴
二尖瓣三尖瓣
不是狭窄便是返流

如果病号服
是另一种囚服
就请上帝
垂怜天下生民
痛惜芸芸众生
统统
赦免了吧

五十肩凝

五十肩凝
五十肩疼
巨疼袭来
真想断臂求生

何言肩周炎
疼半年
我疼过十个春夏
又疼了十个秋冬
每遇风寒湿冷
冰冻肩
刀割锥扎针缝

幸与不幸之幸
擦肩而过的
太多太多
我
恐怕要
悔疼一生

一笑了之

惊叹号
是下下签
描绘我一生
曾三次被抛到
病危的悬崖
像风在吹
一根发丝

而今的我
还是这个符号
头颅孤悬于
阴阳颠倒的天地
符号中间
那一丝缝隙
似阴似阳
若断若续
是命运的偈语
还是爱和诗的期许
愚者了了如我
都是神秘
智者断言
我护法在身
八世祖洪德助力
天地间

还有多种翻译

不知是量子纠缠

还是暗物质

哈哈

一笑了之

2017.12.6 晨

纵然回到江河源头　还是当初那滴水吗

百　合

诗意加禅意
是百合花的名字
不知谁
有这般绝妙的创意

人间有百合
人生也有百合吗
求一合尚且不易
何谈百合

如是所闻
每一次创伤
都是一次成熟
在顺境中修行
永世不能成佛
如此说来
反合也能修成正合
天下苍生
哪个不是
求一合
就期望多一合

人间有百合

人生求百合

百合之人

不是菩萨便是佛陀

老爷子

三个字
把我推进
华夏
名人的谱系

孔子
孟子
老子
庄子
后面一个
就是我了
老爷子

这个称呼来之不易
需经过数学测试
早先举一反三
后来丢三落四
后来的后来
还会
丢三落四五六七

最后尚不知
把自己
丢落在哪里

大　雪

款款的舞步
大片大片
逶迤着落下来

可一见到我
就乱了方寸
乱得争先恐后
乱得天地失常
那雪可是
来自西藏边陲
来自海拔
五千米的雪域
来自绰莫拉利峰下
乃堆拉山口
仰望的
雷达阵地
还听得出
它们急促地喘息

如若不然
那雪怎么会
扑到我身上
都是泪滴

大河封冻

上下天光
一片大明
家乡的这条河
所有的波涛
都用冰来塑形
我把心贴过去
听冰层下面
来自沱沱河的水
来自通天河的浪
来自三江源的溪流
汇聚一起
用巴颜喀拉的旋律
排练
一首诗词
啊——
大江东去
浪淘尽
千古风流人物
待坚冰消融
携万里涛声
在太阳的聚光灯下
到大海
去抒情

大河涡漩

满头乱发
满心乱绪
凭借
自己来梳理

扎眼的污秽
堵心的苦涩
一口一口
吞进心里

解民饥渴
是小小的祈愿
供稼禾以血
是献祭的循环
升空为云
变成龙的巨口
灭除
火一样的干旱
有你便有
至尊的上善

心中有一句
无声之语
去大海

洗一洗
身体负载的灵魂
和灵魂支撑的躯体

那是一个
祖传的问号呀
始于屈子
继之于苏轼
问天问地
问民情民怨
也问大江何去

喊了多少年
喊了多少遍
喊醒多少朝代
喊殁多少朝廷
老天哪老天
可否听见
众水众口
捂不住地吼喊

羊脂玉

羊脂血玉
心一样的颜色
在太上老君的
八卦炉内
和齐天大圣
一起烧炼
继而力劈灵霄
应运出世
从龙脉之祖的
巍巍昆仑中
玉出自己

代佛问心

登千佛山巅
望月观天
叹儿女情长
何处觅带泪的诗笺
嘘英雄气短
手中笔曾是出鞘的剑

天做棋盘
执白为先
效堂吉诃德
来一场风车大战

怎奈，知性的骨骼
诗性的血脉
垂暮中，渐次沦陷
低下头
代佛问心
用自己的肝
照自己的胆

济南佛山

莫说开门见山
坐卧行走
举目便可饱览
起伏颠连
泰山血脉的眷顾
暖情怀壮肝胆
木鱼引领
登临
广爱博施的佛山
峰回路转
足踏红莲
每一步
都伴着经卷
每一阶
都结着佛缘

寺院是佛的驿站
佛总在最高处
所以才
一襟怀，抱天下

牛皮鼓

牛的命和牛的皮
被一刀一刀地剥离

如今你绷紧灵魂
吼出
最强力的声音

两军对阵
总是血溅历史
你发出号令
去攻城略地

贪官酷吏
草菅人命
无命的你
总替要命的人
捶胸鸣冤

被千槌万槌地砸破
除了空空尽是洞洞
不曾大象无形
终于大音希声
生死间
成了又一个济公

月亮的故乡

——诸城（密州）拜访归来

且不说有晴有阴
天上不时祭起漫漫风尘
月亮还诡秘地
变换身段
时常到
地球的背后隐身

玉兔患了夜盲
嫦娥满腹惆怅
天地间
除了游走的星星
泪水一般流淌
就剩下千里万里
黑暗
编织的苍茫

你想看到明月吗
请朝密州的超然台仰望
苏轼一阕《水调歌头》
千里共婵娟
便是
月亮的故乡

除夕钟声

不知是否
真有三生之幸
除夕夜
这个节点
闭上眼睛送走一岁
睁开眼睛迎来一年
终点起点
同一个驿站
消亡新生
同一刻转换

千佛山顶
万众倾听
那口有心向暖
无力驱寒的古钟
正用痛快的痛
痛苦的痛
撞响
生命的回声

雷雨岳飞墓

恍惚中似见"风波亭"三个字。刀光闪过，身首异处，有人痛呼岳元帅，惊醒方知是淋漓大梦。忆起那年祭拜岳飞墓遇雷阵雨，有诗意袭来。

祭拜岳飞墓
偶遇雷阵雨
苍天啊
你的胸中
竟然也有
这多悲壮的霹雳

一把刀
一把寒气逼面的刀
从南宋王朝
闪电般飞来
就是它
在风波亭上
取下那颗
须发凛然的首级

八百年了
虽无人将它唾骂
但确实是

所有钢铁的奇耻
今儿，它泪流如洗
在岳飞墓前
一次次
刎着自己

包公祠前默立

无轿可拦
也不见
拦轿的喊冤人
坐东朝西的门洞里
刚悬起朝阳的堂鼓
想击打，却没有
那么长的手臂

包龙图堂下的铡刀
是血迹还是锈迹
包青天额上的月牙
是否又瘦了几许
脚抬起又落下
他怎会待在家里
不是去民间
微服私访
便是下阴司
探查冤狱

木木的我
缩成
一方惊堂木
默默地
等他归来

聚五千年丹心之气

于皇天后土

喊一声：升——堂

包　拯

有情最是你
无情最是你

三口利铡
切下几段鲜血人生
随手一掷
便溅起轩然大波

从千年前的那一端
奔涌而来
向千年后的另一端
奔涌而去

每一次撞击
都成千百万众的
仰天长啸

你千古去了
草民不是一品官
不敢启动你的铡刀
只能用牙齿
风一口雪一口
复制你的故事

野草赋

——写在木兰围场

在广袤的内地
在诗人李庄的笔下
杀死过许多镰刀的野草
在这没有镰刀可杀的地方
在康熙乾隆射猎的木兰围场
杀死了许多岁月
也杀死了许多王朝
形似狼毫羊毫
却是一支支的大手笔
绘出蓝天绿地的模本
天下为之称奇

几阵秋风
就枯了黄了
一场春雨
又绿着回来
试问
除了野草
谁有这大的江山

百姓草

在死过去的地方
活过来
又在活过来的地方
死过去
生而为草，代代为草
究竟谁在操控生命

都是苦命人
都埋在土里
不怕刀火
不怕蹄子和牙齿
只要根在
就能重返天地

不知其个体的名字
统称为百姓草
只要喊一声
张王李赵
它们就兴奋地
摇头晃脑

长天让开一条路

我常常这样想：雁的祖先不会飞翔
像鸡？像鸭？
也许和企鹅相仿
是命运给了它一次重创
又给了它一双拐杖
拐杖生根了
扎进血肉
慢慢长成硕大的翅膀
南方北方
情浓处都是故乡
若不是
揣一颗归心
怎么会
岁岁年年
飞越两个八千里
嘎嘎，雁鸣三声
长天让开一条路

琢璞为玉

从母亲的昆仑山
采一块璞石
连自己都在猜度
内在的质地
痛下重手
施以钢铁的利器
揭顽皮剔杂质
深刻就里
飞溅的石屑
是血泪的凝聚
人间原是
自我设计的炼狱
而所有的我
都想知道
心中究竟有一个
怎样的自己

琢璞为玉
若能成为上帝
手中的把件
此生足矣

青花玲珑

我是土
不再飘动
你是水
不再流动
结合在烈火里
成千古芬芳
青花玲珑
不再看
钟表的长针短针
不再想
古道的长亭短亭
不再恋
睡榻的长梦短梦

若水　若风

上善若水
也若风

水现身有形
风来去无踪
风敢去
太岁头上动土
水震怒
能够搅翻龙宫
水润万物
万物视为生命
风起水涌
生命为之脉动
水和风
阴阳共生

上善若水
也若风

上善若水

煌煌四个字
是绿色植被
覆盖了九百六十万
平方公里的土地
研读它的真谛
书写它的词句
古往今来
诠释多如水系
精辟堪比佛语

我总以为
水就是真理
冻结成冰
天山珠峰南极北极
蒸发成汽
升为霞彩云游天际
静而无言，怒而有声
彻外彻里
赤裸着自己

梦在梦中

羽扇纶巾
端坐城楼之上
手抚瑶琴
沐浴天风
巧布诗的方阵
点字成兵

奇门遁甲
阴阳八卦
千多年来
成就诸葛亮的
八阵图
依然
披着层层面纱

梦在梦中
还需
一醒再醒
这座
怪诞的空城
完胜
十万雄兵

102

扯疼夜的神经

尖厉的叫声
从高空俯冲
一架隐形战机
扯疼夜的神经
若拍成
电视连续剧
定是恐怖染着血腥
它终于得手了
用淬毒的飞镖
将我刺中
还提取了
和我一样的 O 型
举目窗外
问九天星星
一滴血
能否测知
还存续多少生命
坐穿心底的
那
滴
泪
究竟有多重
做不来头悬梁
锥刺股的苏秦孙敬

就效法

夜读春秋的关公

将锐气

磨砺出

青龙偃月的刀锋

夜深沉

回溯履历
卧听千里
刺破云天的雪山
波飞浪卷的海面
都有
发声发光的足迹
有多少
不会再来的来
有多少
不曾过去的去
伴几声长叹
和短吁
索性
披衣而起
从右是长江水系
左是黄河支脉的眼中
取几滴水
冲泡
五味杂陈的苦丁茶

夜之黑

太阳
被投进牢狱

苏轼挥毫过的
李白口占过的
历代文人骚客
咏叹过的星斗
蜂拥而起
奔走在
劫狱的路上

慷慨赴死
不惜
最终跌落
云锁雾障的悬空

世间几多
鬼头刀
哪个敢窥伺
太阳的头颅

暗夜黑牢

被打进黑牢
方如此渴求光明
也曾八方呼救
谁人听它痛说怨情
它用尖利的
千手万指
把夜的铁幕
撕拆出
数不清的深洞

直到天之东
流出
血色黎明

照天下的路

天光大亮
操劳一夜的星星们
都到哪里去了

啊——
那是我的父母
那是我们的父母
那是盘古开天以来
亚当夏娃以降
所有走远了的父母
将他们的目光
还有燃烧的热血
聚成太阳

为天下的儿女
照天下的路

日　子

什么样的魔法

把日子

切割成

长夜与永昼

切割成

被称作太极图的

阴阳鱼

一条黑质

一条白地

内中有

被解破的玄机

还有更多

更多

永不可知的咒语

十五的月亮

是生日蛋糕吗
摆放在天庭之上
蓝色的台布
白色的餐巾
塑以嫦娥玉兔
和同天并老的松柏
一日一餐
吞尽它的光华
留下满屋子的黑
神奇的魔术师
从布袋里
掏出
大把大把的星星

这是春天

所有的生命
都举起了头
所有的生命
都张开了口
所有的生命
尽情演绎
自己的色彩
当然包括
在漫长的冬季
以死的形式
活下来的
野草的族群
即使，被
防不胜防的倒春寒
以扫地出门的凶狠
砍杀得枝断花残
只要心不死
它们还会
再生一个春天

春度母

春噶起
桃杏的美唇
给了冬
一个深深的吻
千里冰封
雪舞苍穹
威风八面的冬宫大帝
苍松翠干布
宠爱文成公主
馈赠了
普天之下
莫非王土的全部
还有甘愿
被融化的情愫

寺庙中
膜拜白度母
绿度母
心中又添春度母

听　泉

在泉城听泉
听泉世界的泉
最是惬意
黑虎泉
用耳朵听
珍珠泉
用眼睛听
金线泉
用意念听

夜静人不归
漫步寻雅趣
在芙蓉街
在曲水亭
在百花洲
或行或立或踟蹰
双脚
在青石板上
听泉的耳语

水做的姑娘

清流也似的仪态
波光一样的目光
指尖上
常拈着
七十二泉的水香
情感
便有了
泉天下的
体温和蕴藏
偶尔掠过一丝闲愁
暮云，晨雾
是从心而动的徜徉
水做的女子啊
哪位是
名叫
水精灵的姑娘

亲历荷塘

大片大片的绿荷上
颤动的水珠
是迷路的泪水
还是异化的心事
从夜的襟怀里
推展出来
身边的荷花
结着莲子的心
用微笑
哄逗着自己
明湖大的明镜
碎在跌落的一滴
我想知情
那些
在与不在的液体
可在创作
又一部《神曲》

珍珠泉

液体的火苗
晶莹的泪
小精灵的后裔

前身曾经死寂
九泉之下黄泉之中
层层炼狱

只要存一丝气息
向死而生拼尽
通灵的洪荒之力

回到泉的故里
珠珠串串都是
阴阳混血的自己

千佛山

一经雕凿
是在朝的佛
未经雕凿
是在野的佛

香火散尽
木鱼吞声

天地万籁
是朝野间
永无休止的
论辩

登临佛山

心敲着木鱼
影子磕着等身长头
光着脸长大
第一次
活到七十七岁
登山而来
青春的加力
已经失去
余半支蜡烛
用火苗
左一口右一口
啃着自己

一介俗民
在山巅
行立坐卧
下面是
千佛山的佛
万佛洞的佛
怎不令人感到
亵渎了
它们的尊严
如是所闻
所有的道场

都是佛家
慈悲的双肩

我向天看佛
佛向我看心

2018.8.12

有你心是烈火　无你情是灰烬

塑雪人

亲爱的
你我都在尘世
却没
见过彼此
心说相见恨晚
有缘不迟
可那缘那分
总是失之交臂
于是我狠狠心
揪住冬天的尾巴
下一场雪
请你按图索骥
照着心中的样子
塑一个雪人
左看是我
右看是你
心有灵犀双飞翼
我会在流第一滴泪的
时候奔了去

莲之心

寻一把
柔情似水的刀子
切割自己

从敏感的肌肤
到所有穴位
从流动的血脉
到心百灵窍
还有一条条游走的神经
一阵阵急促的呼吸
我不知道
哪一种疼
疼得最好

唯一割不得的
是方寸之地
好让你在上面
步步莲花

如果有一天
这颗心千里冰封
你就是那峰巅上
一朵雪莲

心有誓约

我还是有些担心
到了那个世界
稍不留神
又被转世为人

心有誓约
来生
我的骨骼
轮回为山
对你
恒有千山的瞩望
你的血脉
轮回为水
对我
总有万水的萦绕

我的发小

多吃青菜
最好是野菜
是热情的推介
也是谆谆医嘱
吃着吃着
泛起涩涩的酸楚
这些镰刀割不绝
牛蹄子踩不死
来自田头沟边
来自祖坟怀中的
绿色家族
都是我
永远不老的发小
饥荒年，舍命救命
而今又，以命助命
我掐了掐
它们不喊疼
只汪着
绿色的泪

荠荠菜
马齿苋
蒲公英
喊一声
都深情地回应

鱼化石

仅仅为了
见我一面
你血肉化岩石
一个世纪
又一个世纪地
等待

仅仅为了
见你一面
我死去又转来
一次轮回
又一次轮回地
投胎

修佛路上

青藏高原腹地
诵经念咒的路上
虔诚的佛教徒
磕等身长头
身敬　意敬　语敬
手套板把沙石擦出血迹
土遁过的身体
缩小与神的距离

我双手合十
躬身而立
隔着泪幕欣赏
与灵魂共舞的英姿
可就是忘了
问问他们
从世外来
还是到世外去

回归故里

一段一段地掂量
生命的分量
期望抚平
时间的折痕

一大把年纪
拆成中年
又拆成童年
如果可能
定会
一直拆下去

落叶篡改了
生命的方向
夕阳再一次
抱起所有的炊烟
我缓缓地跪下
双膝吻过的土垃
是世间
最高的台阶

2018.8.4
于北戴河

父女问答

戏水踏浪的女儿
捧一捧南海给我
爸，你说
里面有多少江河

接过南海接过重洋
神秘地凑近耳廓
几乎在天涯海角
才听得出它有多少脉搏

吻

我曾用带着
父亲的精血
和母亲乳香的五体
吻过你

我曾用跪拜过
皇天后土
和祖宗先人的双膝
吻过你

我曾用被诗情
和意象反复
叩击过的额头
吻过你

我曾用
始而清澈
终而浑浊的目光
吻过你

更多的是
我用半是芒鞋
半是骨刺的双脚
吻着你

大地啊

你的心中

可录制下

这其中的谜底

家园与江山
——写在乐陵枣林

数千亩枣林
是座罗汉堂
每一株千年古树
都是一尊罗汉
粗粝的形貌
血性的肝胆
从不惧
上天雷电横邪
从不弃
脚下土地瘠寒
站住脚
就是自己的家园
扎下根
就是世袭的江山

2018.8.8

桃　园

哪一朵桃花
最先点亮
满怀满抱的春光

毛茸茸的嫩叶
抖擞精神
伸展梦中长出的翅膀

炫舞的蜜蜂
鼓着泪囊
吻遍丛丛花蕊

桃花已不是
去年的桃花，蜜蜂
是否还是去年的蜜蜂

春入桃林

桃李不言下自成蹊
当改为
桃花不言下自成蹊
不到桃林
照样可饱鲜桃之口福
而桃花，蕊弄春风
仿若旧巢新燕
吐花之语
咏花之诗
唱花之谣曲
满树满枝
满天满地的红艳
恍若一群鲜丽的少女
嬉闹着戳醒春天
不入桃林岂不是
思花不得见
徒留兴叹耳
不入桃林
怎么会想起
人面桃花
情切切悲切切的故事
春入桃林人入桃林
一起参悟
花间之禅意
叶间之菩提

何处还有葬花人

花瓣坠落
连命运的
最后一次触摸
也经受不起
还有细弱的风
和零丁的雨

老了累了
栖身在地
借风的手
抹净色彩的泪滴
最后撒一次娇
让大地抱抱自己

请问
除却《红楼梦》中
林黛玉
何处还有葬花人

又一季桃花

一夜间，小奴家
绣出大朵大朵的自己
相公，你行走其间
碰触的枝条
是我款款的手臂
我拦不住岁月
也拦不住你
我们各自
往深处走去
再轮转经年
相公，我们可否
不期而遇

你撩开桃枝渐行渐远
还发出痴痴的轻叹
莫非你想到
那柄溅血的桃花扇
是啊
上至朝堂豪门
下至草野民间
桃花桃花曾经
惹翻多少情场公案

牡丹，烈烈的女子

题记：牡丹宁可瞬间轰然凋谢，绝不会被一瓣一瓣地剥残。

一

仿佛再延宕一瞬
就有损你的名节
好像没来得及细想
又好像谋划了一生
才有这般
轰然而无声的
决绝谢幕

无法顾及
走了一半的春风
虽然它曾经
把你唤醒

二

一片落英
在掌心
凝成彩色的泪

将五指收拢
用血肉的温润
做它的芳冢

三

人世间感到最短的
往往是时间
你把比时间还短的美
赠予最长最长的人间

突然想起，古代
所有的烈女
牡丹可是
集她们于一身的精变

四

盛开于故土
陨落于故土
花枝下
大萼大萼
都是彩色的香骨

如果牡丹
生长在天宫
吴刚怎会用桂花
酿造那样的
胜却人间无数

莲 荷

满塘莲荷
红粉紫白的花朵
可是历朝历代
投水自戕的奇女子
用悲情
怨情
恋情
殉情
乃至忠烈之情
聚结而成？

生于泥泞
度尽劫波
步步凌空
何其持重
又云淡风轻
方修得
香远益清的大乘

暗哑的琴

一把胡琴
斜倚在墙上
声息不再相通的弦
沉默对着沉默

曾经烈焰一般燃烧
而今止水一样沉静
无声是盈盈的泪
有声是隐隐的痛
多情，无情
都因了那张长弓

操琴人，这会儿
却为何
眼也空空
心也空空

暖　情

关乎缘分
还是关乎命运
关乎佛陀
还是关乎上帝
是那些无形的手
在团弄人生吗
笃信也罢
轻慢也罢
两颗心
成了双胞胎
一滴泪
能惹动漫天的雨
视野所及
那条地平线
乃天和地
交融成一体

痛

棋盘上
只剩下心
这一颗棋子了
拈在指间
不知落向哪里

猛敲几下
震落的
竟是七长八短的白发
有你，心是烈火
无你，情是灰烬

丹顶鹤

把自己的心
举起
昭昭于头顶
百年一遇
总有隔世的恍惚

在我的眼里
在我的心里
你正
一层一层美下去

我是离你最远的
那丛白头芦苇
每当想起
不是泪在眼里
就是眼在泪里

仅有的种子

苦海无边
回头是
你
你会是我
永久的岸吗

我的情感
是大灾之后
仅有的
几粒
种子

月　吟

忍不得也要忍
没有尽期的孤独
耐不了也要耐
没有边际的寂寞

为那些痴情的
钟情的
多情的
薄情的
有情的
无情的天下人
圆了一个
又一个中秋

146

梦网恢恢

你虽然在我的梦里漏网
但毕竟撞到我的网上
起风了你说肩头有点凉
我用力拉紧一块阳光

我的胸中
叮咚，叮咚
可知那是大漠上
渗出水滴的驼铃
投一颗心
问问路径

你虽然撞到我的网上
毕竟在我的梦里漏网
几茎落发眷恋深深
执意留在枕上

信

你的信
像燕子
从温柔乡飞来
在我的心梁上
筑个窠臼
且铺上软软的诗情

我卧进去
倾全部体温
孵几只
无论如何也喂不饱的思念
嗷嗷待哺
满眼都是辉煌的泪

画 梅

在风天雪地
把自己画成一枝梅
你一定看见
那一朵朵
跳动的烛火
不知前世
莫问来生
倾尽心上的颜色
只为你
自开自谢一次
彻夜无眠
就把午时的太阳
掰碎成
满天的星斗
没有很久很久
总觉很旧很旧
手相携心相扣
走向时间的尽头

命犯桃花

且不说杂书上
如何渲染
也不听江湖术士
百口莫辩

桃花未骨朵
人心已含苞
问　问
游园的公子
哪个不想
做得桃花丛中人

一言即出
所有的桃花
都红了
半边脸腮

桃花劫桃花煞
犯了又怎样
还不都是
爱的花絮
若得逼面
而来的际遇
快哉人生

多解的命题

即使缘浅命薄
只此一聚
记忆交错的细节中
也会在心底
生出纹理

若修得
我心你潜你心我渡
誓言是
与生俱在的咒符
公子
你拿命犯来的
岂不是
桃花扇李香君的宿命

鸣　蝉

秋风秋雨中，蝉鸣之火渐渐熄灭了。

造物主
如此绝情
蝉未出生
就判了长期徒刑
黑牢里
苦熬十数载
抓破土地的甲壳
终于得见
寥寥可数的天日
大地是我们
共同的胞衣
蝉可知
地下先人的消息

顾不得哭诉悲情
一次轮回
须要十几天完成
枝头上
精致的蝉蜕
是一生
聚散的背影

蝉可曾
对自己说过
活着就是
灵魂在放风

2018.7.17

鹊 桥

你当然知道
七夕是个什么日子
牛郎织女
天河会
喜鹊用翅膀
架起一座浮桥

月亮走了
也不必着急
桥畔还有七颗
耿耿不熄的星斗

令人忧虑的倒是
鹊桥若成断桥
长夜怅望长天
听银河涉水的声音

七夕雨情

在七夕门槛之外
在即将到来的时辰
漫天
织起雨丝
越织越急
越织越密
终夜没有停息
那定是
上天用旷世以来
失恋绝情的泪
来人间
垂钓爱情
好续写
郎耕女织的故事
不该动问
老天你还有多少泪呀
更不敢动问
难道真爱都在
生死相望
人神眷顾之中吗

丁酉七夕晨挥就

155

爱 人

这两个字
最是疼人
是最疼你的那个人
也是你最疼的那个人
不是砸断骨头
连着筋
断了筋腱
连着血脉的人
却是比知己知音知心
知之更深的人
那是两个
撕不开的灵魂

拟相思

奈何不了生死
就奈何这些长长短短
错错落落的诗句

是一杯茶的氤氲
是一盏酒的亲昵
心窍和眼神一样迷离

都言相思苦
苦苦更相思
无论心中多少辛辣
见面时
一起倒给你

可不管怎样怎样地缩短
也不是零的距离
就像我和你
也像我和我自己

读 你

上眼皮是天
下眼皮是地
我把天地关起
默默地读你

读你
就是读你门前的海域
海中游游荡荡的
哪一条是你

读你
就是读厚厚的日历
把每一页
都读成你的归期

轮回之一解

轮回是什么
是乾和坤
阴和阳
翻转过来
又翻转过去吗

就像我和你
互通信息——
无论有声还是无声
无论无字还是有字
都从你的心跳
到我的心跳

都从我的呼吸
到你的呼吸
踏踏而过的
是时间的马蹄

月光拂面
亲切又自然
它在苍穹之中
走了多少光年
才走到
我们面前

第
五
辑

爱和诗是我们共同的血液

词宗易安

西风吹凉的
舴艋争渡的
黄花瘦遍的
杯盏潦倒的
从逗号的故园
到句号的齐鲁
再宏阔到
警世的惊叹
江山留予后人愁

败逃的历史
蓬头垢面
食寒衣蔽
可曾在《漱玉集》中
或《金石录》里
像南唐后主
暖一暖
凄凄惨惨戚戚
情感的血肉之躯

《夏日绝句》
二十条汉字
是耿耿的星宿
也是

无光自明的烛炬

大声朗读吧

抚胸

擂拳

仰天啸几声

热泪涌动的英雄气

词宗易安

在一统九州的国度里

你是女王

以诗词世袭

回赠诗人郑玲大姐

你说——
我是上帝挑出来
专门写诗的人
你看见我
彩色的影子
还嗅到我
情感沃土的芳香

我说——
我是一只
自断双腿的鹏鸟
只要有
一根骨头活着
就到天上
去栽种诗的胡杨

冰心老如是说

冰心老曾经说过
年轻的时候
都写诗
可是不是诗人
到老了才看得出来

有人问我
你老了吗
我说
我有时间写诗
没工夫去老

又问我
你写的是诗吗
我说
你领着那些文字
去问问时间

时间未必说了都算
但总会有
说了算的时间

民族魂　百姓心

——致克家诗翁

我从新诗中认识你
从新诗史中认识你
我从认识新中国的时候认识你
从认识几百个方块字的时候认识你
克家老人
我总觉得和你格外亲
因为你写过我的父亲
他的名字叫"老马"
身上缠满了
鞭印和脚印
世上只要还有一个受苦的人
你就会向他把感情倾尽
满头白发也是火呀
好一颗
中华民族
永远跳动的诗的良心
你的笑孩子一样纯真
你的笔却长满了年轮
和饱经旱涝的大地山连水牵
和忧患累累的人民血肉难分
你的诗，你的诗论，你的诗品
与美妙绝伦的汉字共存
所以，我无比骄傲地说：
泰山是山东人
克家也是山东人

赠外交官孙书柱先生

我在中国之东
你在德国之西
是三生有幸的缘分
把我们连在一起

我们从不图利于一己
只用心大把大把地握住友谊
考验并非都需要时间
相隔远近都不是距离

无论站在时间的哪里
结束又都是开始
时间无语，却把这一切
留在它的流动里

不用解读你的掌纹
我也了然那长路的崎岖
这双手既敢伸在阳光下
又敢握在风雨里

我们曾经用长了牙的脚
一步一步地啃过来
我们还将用脚上剩下的牙
再一步一步地啃下去

也许我们比昨天衰老
但是肯定比明天年轻
既然没人见过明天的样子
就让我们永远年轻在今日

向明兄，我对你说

隔着浅浅的一汪水
目光握在一起
不同的队伍
一样的军旅生涯
我的诗是你的倒影
你的诗是我的风骨
冥冥中，互相
踩疼脚印

你放哨捉水鬼
如果捉到的
是自己的兄弟
那该怎么办
放他逃走
还是押解送官
骨肉之间
曾经刀兵相见

如果有一天
我们又被成为敌人
战场上你和我
刀枪逼面
如果其中一个
必须把性命了断

我会立刻

举枪饮弹

向明兄，你可记得

那一年那一月那一天

在厦门我们登上军舰

两位写诗的军人

披苍天之肝

沥大海之胆

（向明，台湾著名诗人，1928 年出生。我的好友。）

写真王传华诗兄

我和你，不曾
光着屁股嬉戏于乡间
却有幸
光着脸度过四十有年
人生迟暮真情素面
永远赤裸的
还有灵魂的脸
这脸上
曾经掠过阴影
而今横亘山峦
然而这张脸
就是阳光的一部分
朗朗乾坤
被雾障侵吞
你我互相烛照
我举着曾用电击复苏
依旧爆燃的心

172

宝珠的灵山妙水

挥笔做网
捕获山形水影
在画布上
在宣纸上
安一个新家
久而久之
便会成为佛龛

从天宫来的
是星宿
是仙女
从大自然来的
是山魂
是水魄

山水深处有你的呼吸
更深处有你的血脉
画家的笔锋
何止一波三折
是跌宕的人生
浸润玄妙的情感

宝珠兄
借我一方

你的天地好吗
置身其中
即使不能成仙
也会成为道人

赠大画笔张光明先生

之一

心上的颜色
点染花瓣
情感的馨香
泊在蕊间
红梅朵朵
燃星星之火
画笔委婉
书梅的经卷

梅和你
同一个花魂
你和梅
通一支血脉
墨黑梅白
每一笔
都溢出
阳光的七彩

之二

羊毫狼毫
和百年寿宣

钟情
一生

诞出山水云涛
堪比
幼安诗派之豪情
用心把玩

绽放暗香腊梅
犹闻
词宗易安之吟哦
用心谛听

赠大画笔战新民先生

木棉芙蓉杜鹃
画笔飞溅
星星之火
云贵新疆四川
双脚描绘
铁打的营盘
你和木棉
同一个魂魄
你和杜鹃
共一条血缘
你和你的姓氏
只须一字
便尽显
英雄的肝胆

彼特的笑

看见你
就看见了维也纳
想到你
就想到了奥地利
你不懂汉语
我不会德语
那有什么关系
人类创造了语言
我们却不需要言语

你的歌声嘹亮
自身就是硕大的音箱
拍拍你那肚子
俺这个就是张肚皮
我笑了
你也笑了
你笑着我的笑
我又笑着你的笑
笑累了，我就说
歇歇吧，彼特
就是这一句
也是用笑来表达的

笑是教堂

笑是圣经

笑是圣父圣灵

最舒心的呼吸

就让笑变成涟漪

无限地无限地扩大下去

你说是吗

我的非同宗同胞的

亲兄弟

彼特华斯

二人为仁

先生，我想探知
儒家学说的奥义
去穷尽
五经四书

九册经典很古奥
是一道道栅栏
先读《论语》呗
都是圣人的话

先生能否用一个字
道出孔子思想的精髓
二人为仁
仁就是相形耦

你把我当人恭敬
我把你当人尊重
恭宽信敏惠
岂不都在其中

可现在，初次相见
先把对方设定为小人
然后再慢慢证明
是还是不是

横的二常把竖的人
劈成两半或撕成碎片
孔夫子管不了的事
天地三界还有谁能管一管

夜间耕读

我熬着夜
夜熬着它自己
夜熬不住了
就请昼来顶替

若夜把爱铺满地球
我就把地球抱在怀里
若夜是一枚种子
我就把夜种在灵魂里

昼和夜不停地较力
此消彼长自有其规律
我总是盼望着
夜给我更多的亲昵

这不，天亮了
夜之黑，全部的黑
静静地栖息在
我的瞳仁里

叛逆的墨迹

本来是
洁白的乳
激情的泪
殷红的血
汇聚到文人笔下
竟濡染成
比夜还浓的颜色

古往今去
因了斑斑墨迹
有违圣意
不合时宜
或者板结的大脑
通透了些缝隙
被贬谪的
被剪除的
被抄没株连的
被逼寻了短见的
足够
写一部
长长的野史

砚池中的墨呀

请静静地黑着
切莫再
兴风作浪了

木乃伊

灵魂，有何
值得称许
那是个
不忠不义的东西
遇灭顶之灾
抽身躲进天堂
把终生厮守的躯体
丢给地狱

我是肉身的胡杨
千年不腐
就等着重见天地
而今又沐阳光
灵魂，你在哪里
你的天堂又在哪里

野说《水浒》

一百单八将
龙威虎胆
挥舞坚戈利刃
砍向巍巍峨峨的
大宋王朝
皇帝老儿
惊恐中
　　于护着皇冠
一手捂着下三路
丢了哪一样
都会要了他的血命
如果梁山
拿下皇城
有人黄袍加身
又会登基一个帝王
如果皇帝
沦落江湖
也许啸聚山林
落草另一座梁山
古往今来
芸芸英烈之士
有谁劫过
内心的法场

倔强的文字

腐酸扑鼻

还自鸣得意

搜肠刮肚

调兵遣将

名词动词形容词

主语宾语飞来语

刚刚集结在一起

就举起哗变的大旗

不屑于

为死魂灵

殉情陪葬

一心想

保全汉语言的

节操和荣誉

五色土

我从故乡来
从父母的襟怀来
若父母生活在松花江边
我就是黑色的肌肤
若父母定居在黄河岸畔
我便是黄色的脊梁
若父母迁至水乡江南
我只有红色的面庞

我是五色的土壤
不足半个立方
这是我诗的颜色
也是我族的颜色
把自己捧在耳边
听星光下江水的悲鸣
听春来时河冰的炸裂
听上游和下游的絮语
听雪山对大海的嘱托
我是它们千万年来
冲积孕育的沉淀

在岁月里成长的泥土
如今用一半
陪伴了父亲和母亲

还有一半
女儿啊
我要留给自己

第六辑

诗是从心里疼出来　在心上生长的文字

惊蛰帖

这架被称作
皮囊的身躯
不就是
浓缩的土地吗
皮肤是黄土地
心胸是红土地
消化系统是黑土地
以血液浇灌终身
于无声中
闻警世之语
惊了蛰
也惊了心绪
不再用冰着的眼神
看了世界看世纪
我敲打着骨节
叩问血肉的土地
比古稀还古稀的你
是否准备好
再一次
耕耘自己的春季

笑死欧柳颜赵

书法本非所好
未经名人指教
牛棚十年
曾代人写大字报
可笑可笑
笑死欧柳颜赵

此乃已故作家
王希坚老的诗词
在讳莫如深的年代
身陷牛棚
常年不能说话
便凋残了语言功能
不准说
也不准写
只准奉命
抄抄大字报
一来二去
成了无心栽柳之人
平反甄别后
颅脑的反骨上
又添了
书法家的光环

欧柳颜赵
若天堂有知
会是怎样地笑

赛马场上的马

八骏图上
有我的影子
如今打扮得
标致靓丽
每一根毛发
都先洗礼后梳理
再看我的舞步
我的跨越
我的太空行走
我天龙般的英姿
用尽最美妙的词语
也只形容若干分之一
可是主人
请问你
那条缰绳
是我终生的导向吗
那根绳索
可是我永久的法律
扒开我的胸膛
你也许不会相信
完整的心
是完整的残疾
我想咬断缰绳
奔回草原去

在那里疯

在那里野

在那里嘶鸣

在那里纵欲

踏四蹄黄泥

滚一身草绿

悬蹄击打

落山的夕阳

溪水照影

看看臭美的自己

主人啊，我的眼睛

已蓄得满满

这些泪

憋回心里

无论在动脉

还是在静脉

都会咆哮成

鲜红鲜红的流域

域外钓鱼

规范钓鱼

有一部法律

还有渔警

司职管理

其中一款，钓钩上

不许有倒刺

钓鱼岂不成了

自娱自乐的游戏

唯中国神话中

姜太公

直钩钓鱼的奇谈

可堪一比

给吞了钩的鱼

一次逃生的机遇

彰显人性

柔情和善意

鱼的族群

生生死死

都在

慈悲的泪水里

自 审

摸一摸周身
唯有胸口发热
就在这里开庭
审一审身上
大大小小的骨骼

一块一块叩问
一块一块揣摸
哪一块曾经懒过
哪一块曾经媚过
哪一块曾经贱过
哪一块曾经软过
曾经如何
曾经如何
每一块
都不要放过
每一块
都是一个我

大梦醒来
忐忐忑忑
欲用六十八年的三昧真火
将病骨一一炼过

蚯 蚓

究竟犯了什么天条
被打入地下冷宫
造物主不给骨头
你的血性
是比骨头
还坚硬的支撑

土是你的食物
吞食就吞食一生
黑也是一种光
照耀你走完全部历程
真个是赤条条
来去无牵挂
可那些刻骨的话
如何说给人类听听

如果可能，就请
深到地下最后一层
去看看唐宋以降
明清以来
新纪元之后
不准超度不准轮回
不准转世的
都是些怎样的魂灵

铸铁鸽子

在德国某街头广场，见一只铸铁鸽子，有感而发。

白云悠然的天空
悬红拥翠的广场
铸铁鸽子
作状飞翔

半夜惊出一身冷汗
逼面而来是冷峻的目光
它猛然想起
曾是一支杀人的火枪

生　日

亲人围着餐桌
餐桌围着蛋糕
蛋糕数着蜡烛
蜡烛数着岁月

尽管所有的蜡烛
都点燃了心
并且发愿要为我从这头
一直燃烧到那一头
我还是刚刚点燃
就把它们熄灭了

在祝福的歌声中
心圆泪圆的我
操刀在手
一下一下切割自己

我不知道
哪一块是童年
哪一块是中年
也分不清
哪一块是昨天
哪一块是今天

多少把血当泪流的日子
多少把泪当汗洒的日子
这会儿放进嘴里
都是不能承受的甜

当生命中需要蜡烛的时候
常常没有烛光相伴
生活中不会再缺少蜡烛了
总有一天我将不再点燃

我真的好怕
怕给后人
留下一堆
时间的骨灰

我与一条大河

在三江源头站立
几条小溪
抢走我的影子
从此将随
一条渐渐长大的河
千重关山
万里崎岖
还会被壶口瀑布
玉碎成液体
我曾多次
去入海口前沿
踏看寻觅
我相信
似我非我的真我
终会栖身在
新生地
一粒
鲜活的泥沙里

萧萧白发

你看见这满头白发了吗
被岁月染成这等颜色
黑发逝去了
青春逝去了
还带走了
那么多的长辈和兄长
我兀立在生命的关口
悲壮地站在
阴阳界上，站成
遮挡凄风苦雨的血肉之墙
莫说一夫当关
就是万夫当关
这个隘口
也会不攻自破

我只能用满头白发
为流星雨般
陨落的一切
披麻戴孝

蜕　变

如果人们
像蜕变的蝉
趁夜色
蜕下身上的禁锢那样
蜕下病痛
蜕下烦忧
蜕下嵌刻在
岁月里的层层苦皱
该有多好

可叹的是
总有一天
无欲的灵魂
会蜕下喧嚣的肉体
却不知
转世之后
它将
鸣唱在哪个枝头

跪谢恩情

大年初一
须倒退着走出房间
见到什么物件
要纳头便拜
这是父亲传授的
祖宗的规矩
头回见到的
是一把扔过来
踢过去的笤帚
跪还是不跪
我正在迟疑
父亲说
过年了
给那个发明笤帚的人
磕个头吧
尽管没人知道
他是谁
双膝一跪
如梦初醒
原来天下满满的
都是恩情

求　签

——一段真实的经历

签筒装着人间万象

我的心跪下

在里面触摸

自己的命运

抽出吓了一跳的下下签

陪同的朋友安慰我

第一签说的都是过去

木鱼响起

木鱼响起

那就再求一签吧

看看最关注的现在

签筒里颠出来的

依然是那两个黑黑的汉字

众人屏住呼吸

面面相觑呆若木鸡

最令人想不到的

还有一刀一刀的下回分解

下下签就像冤魂

追索我纠缠我绝不放弃

我感到大地

都在战栗

木鱼响起

木鱼响起

这就是我的人生吗

如此不能见容于天地
我怀疑遇上了魔障
签筒被灵异把持
无论是还是不是
我都要面对揭示的谜底
乞求上苍
乞求佛祖
当我的目光
燃烧成灰烬
就让这个三生不幸的弟子
把人间的苦难全部带走吧
木鱼响起
木鱼响起

最后的修身

请问吾师
人是否有灵魂
首肯
首肯

再问吾师
死后可会变鬼魂
首肯
首肯

三问吾师
世间累累不平事
该有多少冤怒之魂
从未见它们
回人间泄愤

阿弥陀佛
灵魂出窍
是最后的一次修身
只有做过了
才是真人

煮　鱼

这不就是
生于斯
长于斯
锦鳞于斯的水乡吗
配以香韵
供其沐浴
却将一锅天堂
煮成沸腾的地狱
谁给它勾画了
龙门的图腾
云雾中还飘着
销魂的乐曲

已献身朵颐
何必再诉衷曲
况且
鱼只有
七秒钟的记忆

放下屠刀

放下屠刀
必先拿起屠刀

刀在手上
鱼在砧板上
看它生猛的样子
大限来临之前
好想再去
跳一次龙门

这鱼，是否
被佛教徒放生过
它的后代
若能跳过龙门
可会率水军
前来寻仇

着急成佛
济善十方人家
心一横
把鱼头剁下

鱼头大张着嘴巴

怒怒地问我
进佛门
也要投名状吗

蝶　变

这是个骨朵
也可叫作孤独
谁的旨意
让你从无到有
从卵到虫
又由虫变蛹
真可谓出生入死
一世二生
等你破茧而出
彩色的生命
又一次
点亮苍穹
你的心中
是否有经声佛号
还伴以
笃笃的木鱼声

蝙　蝠

天，一下子
黑下来
百鸟归巢的归巢
回洞的回洞
钻穴的钻穴
大音希声
小音也希声

蝙蝠的族类
倾巢而出
倾洞而翔
倾穴而舞
天地间充斥着
另一种语言

小精灵
你们是
百鸟的亲兄弟
白昼的反对党

兔儿爷

何须武装到牙齿
牙齿就是武器
诅咒解恨
凝聚气力
每当张嘴还击
肯定被惹急了的兔子
兔子是地道的草民
惊草尤饥掏洞恓居
动如脱兔
只是为了逃避
猎食它的禽兽
是世世代代的天敌
除却弱肉的生命
只剩下一张
比命值钱的毛皮

幸亏十二生肖
榜上有名
且位列第四
兔儿爷
总算入了大汉民族
不朽的典籍

祈　福

大雄宝殿
肃穆庄严
僧侣和俗众
伴着木鱼
齐诵佛教的经卷
祈福的钟声
唤醒山峦
在空中
在心上
画着
生命的延长线
多想活到
和神
共老的一天

都在路上

春跑得飞快
夏又追得大汗淋漓
刚想停下喘口气
秋风一凉
冬又立起身来

无论何时
都不要说
我们拥有了什么
要说只能说
我们丰富了什么

我们和时间一样
都在路上
都在上帝曾经
走过的路上

深　秋

在即将
离别的日子
树们拱拱手
互道珍重
然后将各种色彩
独具形态的叶子
随风扬作
最美的经幡

天躬穹隆
地设神坛
处处是
诵经打坐的僧尼

阳光不会变质

在地层的八百米深处
神话般的巷道里
中间是天
四周是地

心头豁然一亮
破解一个千古之谜
后羿射落的太阳
有一颗就埋在这里

埋得太久了
当初地球还没有记忆
压力太大了
几乎是窒息性的封闭
所以——
阳光变成黑色的
阳光变成固体的
不过
无论埋多久
无论埋在哪里
阳光都不会变质

太阳之殇

火是它的生命
除了火
它一无所有

总有那么一天
它衰竭了
须让出这个位置

燃烧了一辈子
不会在乎
用燃烧了断自己

也不会布洒
悲情的陨石雨
给其他星球做舍利

后之来者
用光的语言
诵读光的悼词

鸣沙山

这是一座

一团沙围着一粒沙

一粒沙挤着

一堆沙的大山

你听见了吗

听见它们的声音了吗

那不是争吵

不是战声

而是亲亲地交谈

暖暖的爱语

独独有一曲

地上的天籁

每粒沙

都君子一样

大的行囊

是阳光下的目光

小的行囊

是自己的心脏

鸣沙山

一个沙的部落

一个沙的民族

也是一个

沙的国度

青海湖伫立

清澈辽远
深邃神奇
天下的水域
何处还有
如此多的无比
带着心来看你
看这一湖
液体的碧玉
真的好想
留在
你的四季里
只是
满纸秋凉
不知
从哪里落笔

长城之上

又一次仰望之后登临长城
不是秦皇岛的老龙头
也非北京市的八达岭
而是"抚我黎庶，宁我子妇"的抚宁

系紧鞋带，系紧
筋骨的全部余勇
扩一扩槌之作响的胸腔
目光把脚步引领

所有的墙砖都是陈迹
所有的陈迹都绽开笑容
砖缝里的小草举着籽粒
展示生命的收成

冷血的刀丛热血的兵
历史的缝隙中还有淡淡的血腥
又是一季潇洒秋风
谈笑中几多清醒几多懵懂

掠夺站起来是战争
抵御站起来是长城
而今在最大的盾牌之上
感受祥和与宁静

这可是长城的话语
只要在就是凛凛之躯
啊，心越来越深了
而眼眶却浅得兜不住泪滴

长城一天天地老去
常常在星空下盘点自己
想永远不衰老吗
只有还原为土地

烽火台站着遥看东西
城垛就是摩肩搭背的兄弟
从嘉峪关到山海关一路奔来
起伏颠连，雄关漫道，长驱万里

白云一片一片抚平自己
天蓝得像染色的水晶玻璃
悲悯的诗人，深情一问
今夜，长城的游魂安放在哪里

雁荡山寻觅

诗仙李白
没有到过雁荡山
也没见过
高山把大河举成银河
怎么会写出
"飞流直下三千尺"的名句

更有奇甚
十倍于三千尺的头发
一夜间倾泻成
最长最长的瀑布

我也有
一腔诗人血
两行多情泪
不晓得,最终
是瀑成
三千尺的飞流
还是湫成
三千丈的白发

天山天池

迎接远方的诗人
博格达峰捧起巨樽
半樽云一样的雪
半樽雪一样的云
举而痛饮
彻骨彻髓的清新

我曾经饮过黄河
饮过一条
千回百转的愁肠
我曾经饮过长江
血脉中至今
还有三峡的啸吟

今日来寻
今生来寻
欲用天山的万年积雪
塑一个
凛冽千古的诗魂

老 墙

这里有过一堵墙
背阴，朝阳
像家中的土炕
可在爷爷的心目中
那就是城墙
他常蜷缩身子
倚着墙根晒太阳
爷爷走了
从古铜烟袋锅里
飘出一缕阳光
城墙成了孤老
佝偻着腰
酷似爷爷的模样

墙轮回为土地
太阳再来时
只是孤独地
晒晒自己
许多个人堆积成时代
许多时代堆积成历史
天上一瞬跃白驹
人间百年已过隙

太阳啊

你是否还记得

晒太阳的那位爷爷

和陪伴爷爷的那堵老墙

兰蕙之风

你知道早春的风
是分层次的吗

第一层
还带着残冬的料峭
第二层隐隐听到
河冰断裂的脆响
下一层娇柳临水梳妆
疯了的油菜花和
小马群般的溪流
满世界撒欢
唤醒了
留在泪中的文字
让那些小蝌蚪
游出来
身体内外的兰蕙之风
全面收复失地
连一根枯命的小草
也不给冬留下

雨

你的脸
就是你的心
持上天敕令
遍访民怨民苦
雨脚如麻
只在天地间行走
剥弃虹霓
赤裸得像一句真理
狂风裹挟
雷闪轰劈
以图
遏阻你的脚步
你不像雪花那样
搔首弄姿
更讨厌冰雹
那群疯狂的豺狗
你和时间一样
来了就不会回头
遍洒汨罗，雨也是酒
祭奠诗祖三闾大夫
扑向黄海，披发呼嚎
唤醒丁军门的军魂
你没有故乡
普天下都是你的亲人

你没有生命

却是灵魂中的灵魂

四海之内，何处

没有你的同党你的子孙

你是血液的别称

你是泪和汗的提纯

你是从观音菩萨的净水瓶中

喷洒而出的甘霖

上善若水

上善若水

唯你配得上

它的分量和神韵

连阴雨

这场雨下了十多天
还要下多久
江水之南
在雨中倒悬

我们到来
使满山的石头
满天的雨
都有了诗意
可我的心
被惶恐攥得窒息
雨呀雨
何故无休无止
雨呀雨
奉了谁的旨意
真怕你
把南方下成北方
更怕你
把天空下成沙漠

水若是死了
所有生命
都要
为之陪葬

跋

贺敬之先生（著名诗人、剧作家）

　　恒昌同志，信悉。所寄新作二首，连同我另外看到的两首，读后甚喜。感想是两个字：大，亲。大者，大气也。把臧老和泰山一起说成是山东人，是同乡。"纵睡千年，横睡万里"——大美，奇美，壮美……亲者，亲切感人也。写人情、同志情、师生情，情深而不隔，意明而不俗。形式、手法上也亲近可解，一唱三叹，自由而又有韵律。

郑敏先生（著名诗人）

　　有些诗人，不是我们这些新潮里的，但是，我觉得他们写得非常好。有一个叫桑恒昌的（林莽插话：山东的一个诗人），我觉得他的诗有几点突出了诗的本质：一是特别凝练；二是他的跳跃性思维，他的创作思维比许多自以为先锋的诗人，跳跃幅度大多了，而且非常好，表达非常到位；三是他的诗思丰富，他的诗给了我很大的惊讶，就是从简单生活里的东西，一下子就能跳跃到一个高度，有时候甚至是很哲学的高度。这个人的诗，我觉得特别有意思。

李瑛先生（著名诗人）

在我们的传统文化中，比喻性的联想也被一定的模式所框限而缺乏灵动感。人物形象的升华，往往只能是某一英雄或伟人，只有他们才能与自然物象中具有超重意义的概念联为一体。……而在怀亲类题材中，把一个极普通平凡的人物，与那些能唤起人们作神圣、庄严、伟岸联想的自然物体联结为一体实属罕见。因此，不能不说，桑恒昌思维运行的这种独创性，不仅是对整个诗坛的贡献，也是对传统意义上追求人性平等的一种呼吁。

高平先生（著名诗人、评论家）

桑恒昌，原是善感的军中诗人，更是多愁的山东汉子。他的"怀亲诗"问世之后，声誉大震，好评如潮，成为名副其实的诗坛名家。

桑恒昌的诗，充满了睿智，渗透着奇想，突现出悟性。诗句极其简约，往往三言五语，就能使人的心弦强烈震颤。

赵鹤翔先生（著名作家、评论家）

社会对你的诗作为北海的回音壁是公平的。亲情、爱情、友情三足鼎立了你的诗歌大厦。你是，首先是忠厚诚实而又聪慧灵敏的齐鲁儿女，泰山风骨、黄河深沉，成就和圆韵了你的情采和诗格。

宋遂良先生（教授、著名文学评论家）

为家乡（吕家乡教授）转稿与桑恒昌，我在信中云："我历来以为你的诗英雄其骨，美人其衣，外加禅心一颗，入大化之境。现有袁（袁忠岳教授）吕诸公以及京华海上诸多名家评论，我便大树底下有凉乘了。""读你的诗是不能躺着读，不能不思考着读的。"

季桂起先生（著名评论家）

桑恒昌老师的诗，是中国现代诗坛的一株奇花。他的诗以独特的思维方式、意象建构、情感表达、语言模式，为现代诗歌提供了一个具有生命力和美学潜力的发展方向。他的诗是思想与感情、哲理与审美、生命与语言的精妙结合。百年中国新诗发展到今天，几经曲折、磨难、努力、创新，既结出了累累硕果，也遭遇了空前的危机。在小说、散文、歌曲、旧体诗词等其他艺术形式的夹击下，新诗的阵地无疑正处于萎缩的境地。新诗到底应该如何向前发展？其生命力如何延续？创新的方向又在哪里？这些都是当前的诗歌界必须解决的问题。桑恒昌老师以他积累多年的创作，为这些问题的解答提供了经典的范例。读桑老师的诗，不只是要参悟他诗中所蕴涵的思想、感情，领略他的诗所提供的诗境、美感，品味他的诗之遣词造句的老到及精妙，我以为更要站到新诗百年的历史长河里，辨识他的创作为中国现代诗歌所探索出的一条独具个人特色的生命之路，以及他用毕生心血所开垦出的一方融合了传统诗歌与现代诗歌美学精髓的诗的圣土。

王传华先生（著名诗人、文学评论家）

大凡读过并且诵咏过桑恒昌怀亲诗的人，都会获得心灵的洗礼和精神的增值。更也有痴情儿女，每逢祭日、清明，手捧桑氏怀亲诗集，跪拜于逝母坟前，低吟浅唱，告慰亡灵，视此为至高无上的祭礼！而又有央视名嘴、影界老臣、诗国宿将和众多的市井看客、乡间平民、杏坛学子、军营官兵，在吟咏桑氏怀亲诗时，一任热泪洗面，不能自已……慨叹云："桑恒昌的诗，有一种潜在的清雅绝尘、炙烤性灵、征服人心的魔力！"

这就足以说明，桑恒昌的诗作，特别是他的怀亲诗及悼亡诗，不仅在艺术形式上创新了现代诗，而且在思想内容上也突破了前人亲情类诗的框框，从而赋予新时期意象抒情诗从内容到形式上的独步天下的完美结合。

广征先生（著名歌词作家）

有人断言，桑恒昌的怀亲诗可能成为绝唱。就文化与时代发展相辅相成的概念和角度来说，此语不无道理，因为典型环境才能产生典型语言，换言之，时代环境才能产生时代文学。而这一个时代恰恰是一个转型换代的历史路口，今后人们的思想感情与文化的表述方式，以及审美方式是不是今天的样子，那是难说的。那么，这样独具风格与特色的怀亲诗也许会不见了。有人说桑恒昌的怀亲诗是新世纪的道德经，这话似乎也非妄语，因为任何语言都是宣传，何况这样深刻、这样情深的美丽诗文怎能不传至于耳、落至于心、化至于情呢？果然如此的话，这种教化人心忠于孝道的简明哲理哲语，社会又何尝不可以用它来作为宣传道德的经典文字呢？

马启代先生（著名诗人、诗评家）

在历数了现当代一大批优秀的华文诗人之后，我把目光凝聚在桑恒昌的身上，这样选择也许带有某种机遇甚至偏颇，但他愈来愈使我看到一种破世纪的希望。他所表现出的刚毅、果敢、博大、深沉、诚挚、眷恋无不深刻地再现着一种大智大勇的精神品格。在他身上中国传统的诗美得到了发扬光大，现代意识得到了同样的糅合与呈现，是在东西方文化交汇中完成诗意重铸与价值重构后的美学建筑。那种冷峻的审美、深邃的历史感与豪壮的悲剧意识使他的诗歌表现具有魔幻般的感染力；意象的铸造与对汉语语言的独特运用方式构成了他诗歌艺术两方面的最大贡献，形成了一个独特而宏大的美学奇观。

我就是在这种激动与振奋中写出了我对桑恒昌诗歌的理解，他能否成为大师中的一位矗立在世纪之交的路口，也许只有时间才能做出最公正的裁判，但在读过这部论述之后，你一定会有自己的答案！

张同吾先生（著名文学评论家、诗人、作家）

桑恒昌怀念母亲的抒情短章，是一种纯情的喷发，是经过久久的孕育、久久的积淀，在灵感之光的辐射下，从内心深处喷发出来的感情的七彩虹霓。

我愿把这种意象的营造，称为桑恒昌式的厚重悲壮。因为在这之前，我们几乎没有看到过把个人哀思放在这样广阔的视野之内来观照来具象，读到这样苍凉浑壮的诗句，我们才会真的发现并且确信：死，是生命的另一种形式。我们也会懂得，只有燃烧着健旺的生命力的人，才能以生命的旋律谱写这样深沉浑厚的生命之歌。

袁忠岳先生（山东师范大学教授、著名诗评家）

读桑恒昌的诗并不轻松，有一种内在的沉重感，无怪乎台湾诗人洛夫第一次读到他的诗，就直觉其"诗中横亘着一根嶙峋的骨头，让人有得嚼的"。这是我们从人生经历险恶的诗人笔下才能感觉到的。我一直疑惑着：桑恒昌有过什么惨痛难忍的遭遇，才使得写出的诗有如此厚重的分量呢？

章亚昕先生（山东大学教授、著名诗评家）

　　由怀亲诗起步，终于历尽坎坷，山高水远。桑恒昌以虚虚实实的"兵法"入诗，用空灵飞动的想象，支撑起实实在在的深情，才成就了自然本色淳朴深沉的艺术境界。与其说诗人得益于灵秀的文思，不如说他的成功离不开一片痴情。

杨宗泽先生（著名诗人、翻译家）

　　自古及今，文学这条羊肠小道上就走着千军万马，而真正能够坚持走下去且最终抵达"一览众山小"的顶峰的，历朝历代也不过那么十几个人、几十个人，这些人就是人们惯常所说的名家。这些名家必须具备而且大都具备如下两个方面：一是坚持终身写作，不为名利所动，不随波逐流，不人云亦云，不见异思迁，有的甚至历尽磨难而痴心不改；他们不是流星，不是走马灯，更不是文化市侩，而是缪斯忠实的儿子，有的甚至是人民的代言人、民族的脊梁。二是他们的作品都有自己的个性，自己的艺术特色与艺术魅力，经得起岁月的风化，经得起时间的沉淀，经得起历史的检视；他们的作品不仅仅属于他们自己，而且属于全体人民，属于整个民族，乃至于属于全人类。而于桑恒昌，我想，他应当属于这"十几个人、几十个人"之列吧，或者说，他迟早是要走进这"十几个人、几十个人"的队伍中去。

孙静轩先生（著名诗人）

　　读恒昌的悼亡诗，泪往肚里咽，血往心里流。这与其说是读他的诗，不如说听他跪在亡灵面前发自肺腑的撕裂人心的哭泣。这是一种疼痛，一种巨大的深刻的疼痛，一种伤筋动骨的疼痛，一种让灵魂疼痛得颤抖的疼痛。如我在电话中对桑恒昌所说，他是以骨作笔，以血为墨，写出的不是文字，而是灵魂赤裸着同亡灵对话。多么沉重的诗句啊！包含了太多的哀伤与怀念，凝聚了太多痛苦和沉思，以致沉重得几乎无法让人接受。你看，"前天去看你／五尺躯干／只剩下骨头／今日来送你／一把骨头／只剩下灵魂"，沉甸甸的，落地有声。

我以为诗就该这样写，这才叫真正的诗，真正的诗人。

杜玉梅女士（著名诗评家）

上个世纪60年代初，桑恒昌走上诗歌创作道路，近半个世纪的潜心探索，使他创获颇丰。但提起他，诗评界相当一部分人的第一印象还是桑恒昌的"黄河诗"、写实主义手法和"怀亲诗"。"桑恒昌＝怀亲诗"的思维定式已经牵制着人们对诗人及作品的客观评价。事实上，桑恒昌的影响已超出齐鲁大地，不仅在内地，且在香港、台湾乃至整个华文世界，都拥有众多读者。在创作风格上，桑恒昌几经变化，逐步在怀亲诗的基础上形成了极具个性的鲜明特色。90年代中期，桑恒昌达到了诗歌创作巅峰，他以不懈的艺术追求和丰盈的诗歌作品所建构的博大深情而个性独特的诗的时空，成为当代山东诗坛不可忽略的重要景象。

图书在版编目（CIP）数据

大声说着光芒 / 桑恒昌著 . -- 北京：作家出版社，
2020.11

ISBN 978 - 7 - 5212 - 1160 - 3

Ⅰ . ① 大… Ⅱ . ① 桑… Ⅲ . ① 诗集 – 中国 – 当代
Ⅳ . ① I227

中国版本图书馆 CIP 数据核字（2020）第 205933 号

大声说着光芒

作 者：桑恒昌
书名题字：白金海
责任编辑：赵 莹
装帧设计：周思陶
出版发行：作家出版社有限公司
社 址：北京农展馆南里 10 号 邮 编：100125
电话传真：86 – 10 – 65067186（发行中心及邮购部）
 86 – 10 – 65004079（总编室）
E – mail: zuojia@zuojia. net. cn
http: // www. zuojiachubanshe. com
印 刷：北京玺诚印务有限公司
成品尺寸：152 × 230
字 数：131 千
印 张：16
版 次：2020 年 11 月第 1 版
印 次：2020 年 11 月第 1 次印刷
ISBN 978 – 7 – 5212 – 1160 – 3
定 价：40.00 元